KB266177

오늘 묘생

오늘
묘생

나응식 글 — 애슝 그림

김영사

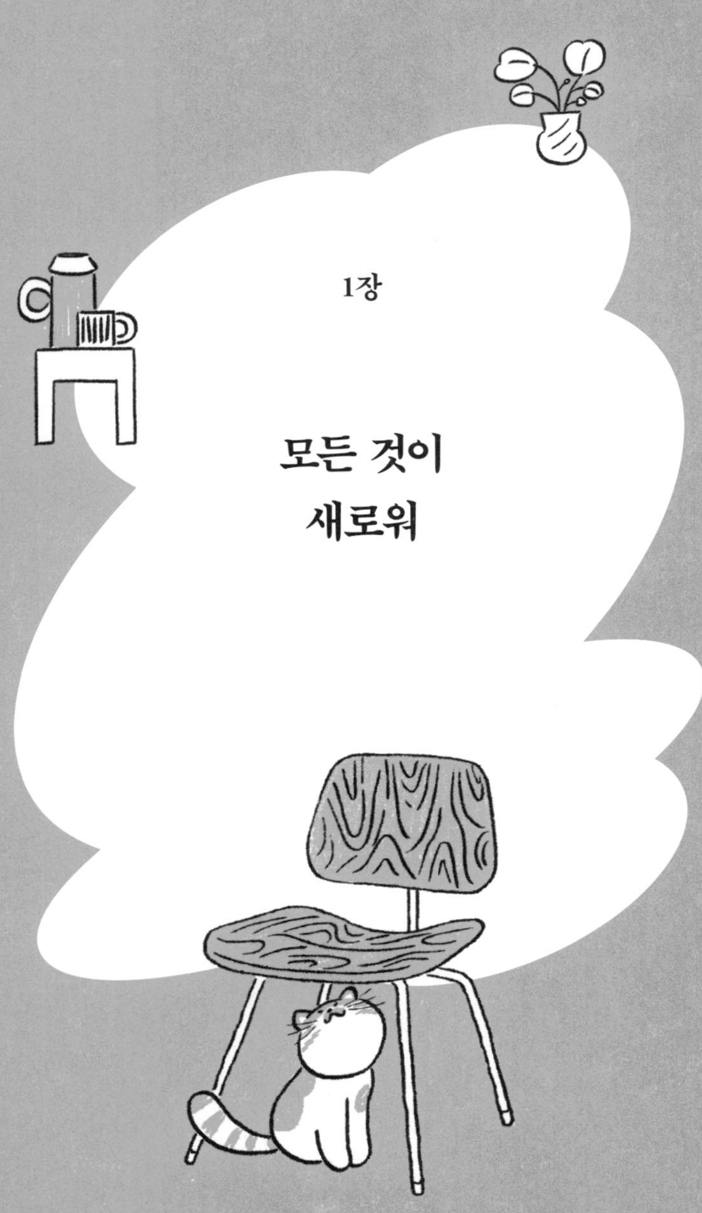
1장

모든 것이
새로워

첫
만남

오늘도 보호소는 익숙한 냄새와 소리로 가득했다. 아마 똑같은 하루가 반복되겠지.

드르륵.

문이 열리며 처음 보는 사람이 들어섰다. 그 순간, 우리 시선이 맞닿았다. 그 사람은 다른 사람들처럼 시끄럽게 다가오지 않았다. 그저 조용히 내 눈을 바라보았다. 부드럽고 따뜻한 눈빛이었다.

나는 케이지 구석에 몸을 웅크린 채 주위를 살폈다. 그녀도 서두르지 않았다. 한참 뒤 조심스럽지만 떨리는 손이 다가왔다. 나도 모르게 손끝을 향해 고개를 들었다. 그러자 그녀가 미소 지으며 말했다.

"안녕, 윤이라고 해!"

그때 나를 데려갈지도 모른다는 직감이 스쳤다. 낯선 두려움 속에 작은 기대감이 뒤섞였다.

그래도 어쩌면, 이 사람과 함께라면 괜찮을지도 모른다.

새로운
집

새로운 집에 들어왔다. 모든 것이 낯설었다. 발바닥에 닿는 감촉도, 공기에 스민 냄새도 이상하다.

여긴 안전한 곳일까.

나는 몸을 낮추고 구석구석을 살폈다. 윤이가 "미미, 괜찮아." 하고 부드럽게 속삭였다. 그래도 심장은 두근거렸다. 소파 밑으로 숨어 어둠 속에서 귀를 바짝 세웠다.

한참 뒤 윤이가 내 옆에 누워 조용히 기다렸다. 윤이의 손끝에서 전해지는 온기가 내 마음을 데워주었다. 나는 조심스럽게 한 발 앞으로 내디뎠다. 이곳이 완전히 익숙해지려면 시간이 필요하겠지만, 그래도 괜찮을 것 같다.

새로운 집에서의
첫 하루가 시작됐다.

택배
상자

눈앞에 상자 하나가 툭 놓였다. 낯선 냄새가 코끝을 간질였다. 킁킁, 냄새를 맡아보았다. 결국 호기심을 참지 못하고 안으로 쏙 들어갔다.

크기가 나에게 딱 맞았다. 좁고 아늑한 상자 안에 있으니 마치 세상과 단절된 비밀 아지트에 들어온 것 같았다.

윤이가 웃으며 "상자가 편해?" 하고 물었다.
나는 "그럼." 하고 대답하듯 상자 속으로 더 파고들었다.

여기서는 누구도 날 방해하지 못한다. 새로운 상자가 올 때마다 마음이 먼저 설렌다. 상자 속 평온함은 말로 다 할 수 없다.

오늘 내 비밀 공간을 하나 더 찾았다!

가구 탐험

집 한가운데서 숨을 죽이고 사방을 둘러봤다. 소파는 산처럼, 테이블 다리는 나무줄기처럼, 온 집이 정글처럼 보였다.

천천히 다가가 코로 가구 냄새를 맡았다. 소파에서는 부드러운 천 냄새가, 테이블에서는 차가운 나무 향이 났다.

새로운 세계를 탐험하듯 의자 밑으로 몸을 낮춰 들어갔다. 그곳은 작은 동굴처럼 아늑했다. 여긴 내가 숨을 수 있는 은신처였다. 나는 한참 그곳에서 쉬었다.

이번에는 책장 위로 올라 아래를 내려다보았다. 세상이 또 달라 보였다.

이 집이 내 영역이 된 것 같았다. 발톱이 카펫을 스치고, 벽에 몸을 비빌수록 집은 점점 나의 세상이 되어갔다.

작은
의식

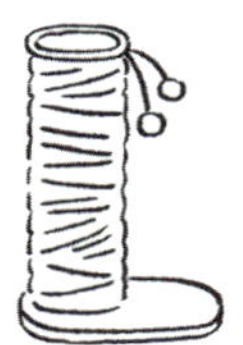

소파 한쪽을 앞발로 긁었다. 발톱이 천을 스칠 때의 촉감과 천이 긁힐 때 나는 소리가 묘하게 마음을 풀어준다. 도저히 멈출 수가 없다.

이건 단순한 장난이 아니다. 발톱을 다듬고 내 영역을 표시하는 나만의 방식이다.

"또 소파를 긁는 거야?"

윤이가 다가와 속상한 듯 말했다. 나는 고개를 돌려 윤이를 외면한 채 계속 소파를 긁었다. 미안한 마음이 스쳤지만, 이 만족감을 쉽게 포기할 수 없었다.

그래도 내일은 눈에 덜 띄는 곳을 찾아볼까. 그러면 윤이도 덜 속상해하겠지.

오늘도
나만의 작은 의식을
마쳤다!

모
래
사
장

화장실 모래 위에 몸을 웅크렸다. 발바닥을 간지럽히는 부드러운 모래, 나를 감싸는 사방의 벽……. 이상하게도 이곳에 오면 마음이 편안하다. 마치 엄마의 품속에 있는 것 같다.

아무도 날 방해하지 않고, 세상도 나를 찾지 않는 공간. 나만의 조용한 안식처. 나는 앞발을 모으고 눈을 반쯤 감았다. 그렇게 나만의 평화로운 시간을 누린다.

오늘만큼은 바쁜 사냥꾼도, 장난꾸러기도 아니다. 그저 휴식을 즐기는 고양이일 뿐.

이렇게
아무것도 하지 않고
있는 것도 괜찮네.

창가의
온기

오늘은 창가에 올라가 햇살을 마주했다. 따스한 햇빛이 털 사이로 스며들며 부드러운 손길처럼 나를 쓰다듬었다.

눈을 감고 숨을 천천히 내쉬었다. 세상이 희미해졌다. 바람이 나뭇잎을 흔드는 소리가 창 너머로 들려왔다. 그 리듬이 멀리서 날 부르는 듯했지만, 나는 움직이지 않았다. 지금은 이곳이 나만의 작은 낙원이다.

윤이의 웃음소리가 햇빛과 어우러져 나를 더 깊은 안락으로 이끌었다. 나는 몸을 둥글게 말고 창가에 기대었다. 이 순간이 오래 머물기를 바라며.

햇살의 손길 속에서,

오늘도 나는 따뜻한 세상 속으로 들어갔다.

빛의 파도

햇살이 나를 감쌌다.

오늘 난 따뜻한 바다 위에서 넘실대며,

세상에서 가장 편안한 고양이가 되었다.

햇살이 파도처럼 거실을 타고 들어와 바닥에 부드럽게 깔렸다. 나는 거실 한가운데에 조용히 누웠다. 넘실거리는 파도를 탄 듯 기분이 좋아졌다.

몸을 살짝 비틀고, 등을 뒤집고, 배를 드러내며 길게 기지개를 켰다.

"미미, 오늘 아주 편해 보이네."

윤이가 웃으며 다가와 내 배에 손을 대려 했다. 나는 느릿하게 앞발을 뻗어 그 손을 밀었다.

'거긴 안 돼.'

윤이는 웃으며 손을 거두었다. 나는 다시 몸을 늘어뜨리고, 꼬리를 천천히 흔들었다. 길 위에서는 등을 땅에 붙일 수 없었다. 가장 취약한 배를 내보이면 위험해질 수 있었기에 언제나 주변을 경계하며 몸을 낮추었다.

하지만 여기서는 다르다. 지금 이곳은 세상에서 가장 안전한 곳이다. 나른한 햇살, 따뜻한 공기, 나를 지켜보는 다정한 눈빛. 이곳에선 더 이상 내 몸을 숨길 필요가 없다.

빛의 파도에 온몸을 맡겨야지.

나를 봐줘

윤이가 소파에 앉아 무언가에 몰두하고 있었다. 나는 윤이를 바라보며 꼬리를 천천히 흔들고, 작게 '야옹' 하고 울었다. 하지만 아무런 반응이 없었다.

앞발로 그녀의 종아리를 살짝 쿡 찔렀다. 윤이는 움찔했지만 시선을 돌리지 않았다. 이번엔 조금 더 힘을 주어 팔을 쿡쿡 찔렀다.

"미미, 왜 그래?"

그제야 윤이가 나를 바라봤다. 나는 말없이 윤이를 쳐다보았다. 윤이는 웃으며 손을 내밀어 머리를 쓰다듬었다. 그제야 마음이 놓였다. 나는 앞발을 접고 눈을 천천히 깜빡이며 나만의 신호를 보냈다.

미미의 살림살이

미미가 처음 우리 집에 오던 날, 드디어 둘이 되어 기뻤다.

혼자 지내던 집은 이제 우리 집이 되었다.

미미 화장실, 스크래처, 미미 밥그릇, 미미 장난감.

우리의 살림살이가 하나씩 하나씩 늘어나고,

집이 조금씩 채워지고 있다.

미미야, 우리 잘 살아 보자!

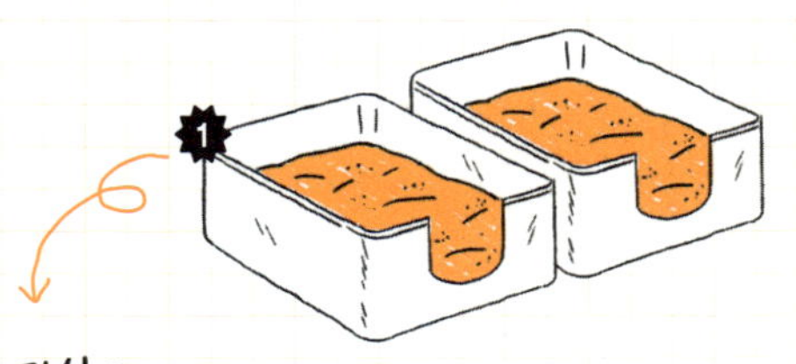

화장실 2개

미미의 화장실을 대변과 소변을 분리해서 만들어 주었다.
고양이는 대변과 소변을 분리해서 보는 걸 좋아한다.

고양이 모래

화장실 모래를 새로 들였다.
미미는 벤토나이트 같은
부드러운 모래를 좋아한다.

스크래처

미미는 발톱을 긁는 걸 좋아한다.
고양이들이 자신의 영역을 표시하는 습성이다.
여러 곳에 두고 마음껏 긁게 해 줘야지.
소파나 러그를 긁지 않고 스크래처를 긁으면
간식도 주면서 칭찬해 줘야지.

물그릇, 밥그릇
밥 먹을 때 꼭 필요한
물그릇, 밥그릇도
예쁜 걸로 준비 완료!

장난감 (낚싯대, 먹잇감)
장난감으로 다양한 자극을 주면
미미의 호기심이 충족되어서,
덜 심심하고, 덜 불안해 하는 것 같다.
장난감을 더 준비해 줘야겠다.

이동장
미미가 병원에 갈 때
잘 쓰고 있다.

방묘문, 방묘창
미미는 호기심이 더 많은 것 같다.
자꾸 나가려고 하는 걸 보니.
외출 시 창문, 베란다 꼭 잠그고,
곳곳에 방묘창과 방묘문을
설치하고 나니 안심된다.

캣타워

미미는 높은 곳에 올라가는 걸 좋아한다.

위아래 수직 방향으로 움직이는 것도 좋아한다.

캣타워를 들여놓으니

훨씬 재미있는 하루를 보내는 것 같다.

숨숨집

미미는 좁고 아늑한 공간에서 쉬는 걸 좋아한다.

어제는 숨숨집에 쏙 들어가서 나를 빤히 쳐다보는 게 정말 귀여웠다.

자기만의 휴식 공간이 생겨 기쁜 것 같다.

건강 검진은 필수!

미미는 우리 집에 오고 나서 건강 검진을 했다.

기생충은 없는지, 어디 아픈 데는 없는지 꼼꼼히 확인했다.

예방 접종 일자까지 잡고 나니 마음이 놓였다.

2장

편안한 내 집

엄마 같은
존재

윤이의 무릎 위에 앉아 살포시 발을 눌렀다. 발바닥이 따뜻해지는 느낌이 좋아서 시작했는데, 갈수록 더 자주, 더 깊게 누르게 된다. 그러면 내 마음도 점점 포근해진다.

발을 꾹꾹 누르자 부드러운 천이 발끝을 따뜻하게 감쌌다. 이번에는 입술을 대고 쭙쭙 소리를 냈다. 윤이의 품에 입술이 닿으면 어릴 때 엄마 품에서 느끼던 온기가 다시 떠오른다.

"미미, 오늘따라 왜 이렇게 귀여운 거야?"

윤이가 웃으며 나를 쓰다듬었다. 나는 눈을 반짝이며 발을 더 꾹꾹 눌렀다.

엄마 같은 윤이에게,
내 작은 사랑을 전하는 방식.

사냥
놀이

윤이의 손가락이 내 앞에 살랑거렸다. 움직이는 꼬리 같아서 본능적으로 앞발을 뻗었다. 윤이의 손가락은 장난감보다 부드럽고 따뜻했다. 손가락을 살짝 물자 윤이가 웃으며 말했다.

"미미, 간지러워!"

그 소리가 재미있어 이빨에 조금 더 힘을 주었다. 윤이는 손가락을 천천히 움직이며 뺐다. 나는 더 신나게 그 손가락을 쫓았다.

윤이가 빠르게 피할수록 놀이는 더 흥미로워졌다. 마치 살아 있는 장난감 같았다. 눈을 반짝이며 손가락을 쫓자 윤이가 "아! 아파." 하며 나를 매섭게 쏘아봤다.

'아, 이건 아플 수도 있겠구나.'

나는 멈춰 서서 혀로 윤이의 손가락을 조심스럽게 핥았다. 미안한 마음을 전하고 싶었다. 이렇게 우린 서로를 조금씩 알아가는 중이다.

이건 사냥 연습일까,
새로운 놀이일까?

밥그릇

나는 앞발로 밥그릇 주위를 살며시 긁었다. 마치 흙 위에 먹이를 묻는 기분이었다. 내 안의 본능이 속삭였다.

'이걸 숨겨야 해, 아무도 가져가지 못하도록.'

길에서 배운 습관이기도 하다. 먹이는 원래 안전한 곳에 숨겨야 다음에 먹을 수 있으니까. 하지만 여기는 길이 아니고, 내 밥은 늘 안전하게 놓여있다. 그걸 알면서도 늘 몸이 먼저 움직였다.

윤이가 웃으며 "미미, 네 밥 아무도 안 가져가."라고 말했다. 나는 잠시 움직임을 멈추고 밥그릇을 힐끔 바라봤다.

한참 뒤 천천히 사료를 한 입 먹었다. 아무도 내 밥을 건드리지 않았다. 그제야 나는 안심하고 계속 먹었다.

나의 본능과 이 집의 안전함. 그 사이에서 아슬아슬한 줄타기를 한 하루다.

그래도 이 집이라면,
안전하지 않을까.

화장실 문 앞

윤이가 화장실에 들어가 문을 닫았다. 나는 곧바로 그 앞에 앉았다. 혹시 문 뒤에 혼자 있는 동안 윤이에게 무슨 일이 생기는 건 아닐까.

쏴아. 어푸어푸!

물보라 소리와 바람 소리가 들려왔다. 위험하고 낯선 소음처럼 느껴졌다. 윤이가 빨리 돌아오길 바라며 문 밑으로 앞발을 쿡쿡 넣었다.

문이 열리자 윤이가 웃으며 말했다.

"또 기다렸어?"

그때만큼 기분 좋은 순간은 없다.

나는 싱크대 앞 윤이 발치에 앉아 작은 소리로 울었다.

야옹.

윤이가 나를 내려다보며 웃었다. 하지만 아직 내가 원하는 게 무엇인지 모르는 듯했다.

야오옹!

이번에는 아예 싱크대 위로 올라가 크게 울었다. 드디어 윤이가 물을 틀어주었다. 맑은 물줄기가 떨어지며 작은 소용돌이를 만들었다.

앞발로 살며시 물을 툭 쳤다. 물이 시원하게 발끝을 간지럽혔다. 떨어지는 물방울이 코에도 닿았다. 흐르는 물은 살아있는 것처럼 춤을 췄다.

천천히 물을 핥았다. 이건 단순히 목을 축이려는 게 아니다. 흐르는 물과 친구처럼 놀고 싶었다.

오늘도 이렇게 자연의 신비를 느껴본다.

이 물은 특별해.
마치 세상과 연결된 작은 창문 같아.

비닐봉지

바스락.

거실 한구석에서 작은 신호가 들렸다. 햇빛을 받아 반짝이는 비닐봉지가 눈에 들어왔다. 나는 조용히 다가가 코로 냄새를 맡았다. 특별한 냄새는 나지 않았다.

발끝으로 살짝 밀자 바스락거리는 소리가 났다. 나를 유혹하는 소리였다.

앞발로 비닐을 툭툭 치며 놀았다. 소리는 점점 커졌다. 내 움직임에 맞춰 비닐이 춤을 추듯 부풀었다. 나는 사냥꾼이 된 듯 점점 몰입했다. 비닐봉지는 나의 모든 감각을 깨웠다.

잠시 후 윤이가 "미미, 위험해."라며 비닐을 치웠다. 아쉬운 마음에 나는 꼬리를 살랑거렸다.

다음번엔 윤이 몰래 놀아야지.

작은
동반자

아침마다 윤이는 분주하게 움직인다. 오늘따라 유난히 더 바빠 보였다. 윤이가 방을 오갈 때마다 졸졸 그 뒤를 따라다녔다. 처음에는 단순한 호기심 때문이었는데, 발소리가 마치 나를 부르는 신호 같아 점점 더 열심히 쫓게 된다.

윤이가 멈추면 나도 살며시 멈췄고, 다시 움직이면 그림자처럼 따라갔다. 윤이가 돌아보면 아무 일 없다는 듯 고개를 돌렸다. 하지만 꼬리는 흥분을 감추지 못하고 살랑거렸다.

"미미, 왜 따라오니? 같이 출근하고 싶어?"

윤이가 웃으며 말했다. 따스한 목소리가 방 안에 번졌다. 행복이 몸속에 스며드는 것 같았다.

오늘 나는 윤이의 작은 동반자가 되었다.

반짝이는
실타래

윤이의 머리카락은 햇빛 아래 반짝이는 실타래 같다. 얼굴을 부비면 어릴 적 엄마에게 기대어 맡던 냄새가 나서 마음이 편안해진다.

나는 혀를 내밀어 윤이의 정수리를 살짝 핥았다. '내 사람이야.'라는 표시를 남기는 거다.

윤이가 천천히 내 등을 쓰다듬자 목에서 골골 소리가 흘러나왔다. 핥기를 멈추고 윤이와 눈을 마주쳤다. 윤이의 눈빛이 말없이 "고마워."라고 속삭이는 것 같았다. 서로 믿고 의지하고 있음을 무언의 대화로 확인한 순간이다.

햇빛으로 만든
실타래 같아.

나의 안식처

내 몸이 닿는 곳마다 세상이 조금씩 내 것이 되는 기분이다. 소파 모서리, 문틀, 윤이의 다리까지. 나는 천천히 몸을 비비며 내 흔적을 남겼다.

윤이의 다리에 몸을 비빌 때는 조금 더 특별하다. 옆구리가 닿으면 윤이는 미소를 지으며 손을 내밀어 내 머리를 쓰다듬는다. 그 순간 우리가 서로 속해 있다는 안도감이 든다. 우리 사이에 보이지 않는 선을 더 단단히 묶는 느낌이다.

오늘도 집 곳곳에, 윤이의 다리에 몸을 비비며 나만의 방식으로 선언했다. 이곳은 내 집이고 안식처라고. 그리고 너는 내 사람이라고.

옆에서 자는 이유

옆에서 자는 이유

어둠이 내린 밤, 나는 윤이의 옆구리로 파고들었다. 내 잠자리가 따로 있지만 윤이 곁이 더 안전하다.

새근새근.

윤이의 숨소리가 자장가처럼 들려왔다. 마치 내 '골골송'과도 같다. 점점 졸음이 밀려온다. 엉덩이를 윤이 쪽으로 붙였다. 이건 내가 신뢰하는 존재에게만 하는 행동이다.

꿈을 꾸다 발을 꿈틀거리며 깨어나면 윤이는 손을 뻗어 토닥토닥 내 엉덩이를 두드려 준다. 윤이의 손길은 참 부드럽다.

함께 붙어 자면 내가 윤이를 지켜 주는 것 같기도 하고, 윤이가 나를 지켜 주는 것 같기도 하다. 그렇게 서로 온기를 나누며 매일 깊은 밤잠에 빠져든다.

세상에서 가장 안전하고
가장 행복한 고양이가 된 기분.

아침
루틴

이른 아침, 햇빛이 창가로 스며들었다. 집은 시계 소리만 들릴 만큼 고요했다. 하지만 배고픔에 내 속은 소란스러웠다. 침대 위로 올라오니 윤이는 여전히 꿈속을 헤매고 있었다.

나는 이불 위로 조심스레 발을 내디디며 윤이 얼굴 가까이에서 킁킁 냄새를 맡았다. 윤이는 꿈쩍도 하지 않았다. 이번에는 발로 살짝 밀어봤다.

"조금만 더……."

윤이가 나른한 목소리로 말했다. 그래도 일어날 기미가 없자 나는 이불 위를 천천히 걸었다. 머리카락을 부드럽게 건드리자 윤이가 눈을 떴다. 몇 번 꿈뻑거리더니 반쯤 감긴 눈으로 "배고프지?"라고 묻는다.

드디어 내 마음을 알아주었구나!
이제부터 내 아침이 시작될 시간이다.

혼자만의 시간

요새 부쩍 집 안이 조용하다. 윤이는 아침마다 급히 나가고 저녁 늦게 들어온다.

오늘 아침에도 나는 창가에 앉아 윤이를 지켜봤다. 윤이는 내 쪽을 바라볼 틈조차 없어 보였다.

윤이 발치에 앉아 꼬리를 흔들며 작은 소리로 불러봤다.

야옹.

윤이는 내 머리를 한번 쓰다듬고는 다시 바쁘게 움직였다. 나는 거실을 어슬렁거리다 장난감을 툭툭 쳐보았다. 역시 혼자서는 재미가 없다.

윤이를 빤히 바라봤지만 싱긋 미소를 지으며 잠시 내 쪽을 보더니 다시 자기 일에 몰두했다.

나는 한숨을 쉬고 창가에서 털을 고르며 햇볕을 쬐었다. 마음 햇살은 따뜻했지만 한구석이 텅 빈 듯 서늘했다. 윤이가 나를 봐주면 좋겠는데.

그럴 거면 아예 쳐다보지나 말지.

낮선

사료

밥그릇에 진하고 촉촉한 낯선 음식이 놓였다. 나는 물끄러미 바라보다가 앞발로 툭 건드렸다.

"맛있는 거야. 한번 먹어봐."

윤이가 말했다.

나는 천천히 다가가 코를 가까이 댔다. 진한 향기가 코끝을 감싸자 한 발짝 물러섰다.

내게 사료는 딱딱한 게 익숙하다. 혀끝에 닿는 질척한 촉감은 상상만으로도 싫다.

이건 내가 원하는 맛이 아니야.

"정말 안 먹을 거야?"

한참 기다리던 윤이가 한숨을 쉬더니 밥그릇을 치웠다. 나는 고개를 휙 돌리고 조용히 자리를 떠났다. 낯선 것을 받아들이기란 여전히 어렵다.

언젠가 익숙해질 날이 올 수도 있지만,
아직은 내 입맛이 허락하지 않아.

미미는 편식냥

미미가 밥을 먹지 않는다.

맛있는 거라고 먹어 보라고 말해 봐도 소용없다.

얼마 전까지는 밥그릇을 숨기고 싶은 것처럼

꼭 움켜쥐려 하더니…….

전자레인지에 사료를 조금 데워서 주었더니 잘 먹는다.

다행이다!

휴, 편식 고양이!

<u>습식사료 (캔, 파우치 형태)</u>
미미가 물을 잘 먹지 않는 것 같아서
수분이 많은 사료로 바꾸었다.
먹기 편할 것 같았는데, 처음 보는 사료라 쉽게 먹지는 않나 보다.
치석이 생길까 봐 칫솔질을 해 주느라 나도 힘들었다.

<u>건식사료 (알갱이 형태)</u>
수분이 많지 않지만 영양적으로는
미미에게 필수적인 성분들이 균형 있게 들어있다.
고양이 사료는 강아지 사료와는 다르게
타우린 성분이 들어있으니 헷갈리면 안 되겠다.
모양도 다양하게 나오니 편식 고양이가 안 되려면
다양한 형태의 건식사료를 줘봐야겠다.

3장

고양이 친구는
어때?

낯선
존재

집에 새로운 존재가 나타났다. 작은 몸집, 호기심 가득한 눈, 나와는 다른 털 냄새. 처음 보는 새끼 고양이다.

나는 가만히 그 고양이를 바라봤다. 가까이 다가갈까 하다가 경계심에 몸이 굳었다. 그 고양이도 천천히 힐끔거리며 나를 살폈다.

캣타워 위로 올라가 상황을 지켜봤다. 고양이는 내 장난감을 슬쩍 밀고, 내 밥그릇 쪽으로 다가갔다.

저건 내 건데…….

마음이 불편했지만 윤이가 고양이를 보며 웃는 모습을 보니 왠지 양보해야 할 것 같았다.

"미미, 얘는 치치라고 해. 이제 너에게 친구가 생긴 거야."

윤이가 말했다.

친구라니. 아직 그 단어가 낯설고 어색하다. 치치는 과연 어떤 고양이일까. 앞으로 어떤 날들이 펼쳐질까. 기대와 불안이 한데 섞였다.

빼앗긴 놀이

나는 늘 혼자 놀았다. 깃털 장난감을 잡을 때도, 공을 굴릴 때
도 오롯이 나만의 시간이었는데, 이제는 치치가 곁에서 뛰어
다닌다.

처음엔 신경 쓰지 않으려 했다. 평소처럼 장난감을 앞발로 밀
고 사냥 연습을 했다. 그런데 치치가 자꾸 내 옆으로 달려들
었다.

치치는 거침없었다. 나보다 재빠르고 더 높이 뛰었다. 내가 잡
으려던 장난감을 먼저 낚아채고는 자랑스럽다는 듯 입에 문
채 돌아다녔다. 내가 움직일 때마다 치치도 눈을 반짝이며 따
라 움직였다. 어느새 놀이가 경쟁이 되어버렸다.

결국 나는 꼬리를 흔들다 조용히 자리를 떠났다. 치치는 한동
안 내 쪽을 힐끔 보더니 곧 혼자 놀기 시작했다.

나는 멀찍이 앉아 그 모습을 바라보았다.

이제 이 놀이는 더 이상

내 것이 아니네.

준비되지
않았는걸

치치가 멀리서 눈을 반짝이며 나를 지켜보더니 갑자기 내 쪽으로 뛰어올랐다. 나는 순간 몸을 움츠렸다. 그새 치치는 망설임 없이 내 위로 올라탔다.

작은 몸이 나를 누르자 나는 당황해 앞발을 저으며 몸을 비틀었다. 치치는 앞발로 나를 감싸며 장난스럽게 엉겨 붙었다.

그저 놀자는 몸짓이겠지만 내겐 장난이 아니었다.

나는 '하악' 소리를 내며 경고했다. 하지만 치치는 물러나지 않고 내 털을 입으로 살짝 물었다. 나는 힘을 주어 몸을 빼내고 꼬리를 세우며 치치를 노려봤다. 치치는 멀뚱히 바라보며 "왜 그래?" 하는 표정을 지었다. 나는 치치와 조금 떨어진 곳으로 물러나 털을 정리했다.

치치는 나랑 친해지고 싶은 걸까? 하지만 나는 아직 준비되지 않았는걸.

화장실의   규칙

화장실로 향하는데 시선이 느껴졌다. 고개를 돌리니 치치가 호기심 가득한 눈으로 나를 빤히 쳐다보고 있었다.

화장실은 나만의 조용한 공간이어야 하는데, 이렇게 감시를 당하는 기분이라니. 마음이 묘하게 불편했다. 나는 모래를 몇 번 더 긁으며 신경 쓰지 않는 척했지만 치치의 눈길은 계속 내게 머물러 있었다.

빠르게 볼일을 마치고 모래를 덮은 뒤, 치치 옆을 지나가며 눈을 가늘게 떴다. "이건 사적인 일이야. 알겠어?"라고 말하듯이.

윤이가 화장실을 두 개로 나눈 이유가 있다. 화장실은 각각 떨어져서 방해받지 않고 혼자 써야 한다. 아직 치치가 이 중요한 규칙을 모르는 것 같다. 언젠가 꼭 치치에게 알려줘야지.

사라진
영역

나는 밥그릇 앞에 앉아 사료를 천천히 씹었다. 그런데 낯선 기척이 느껴졌다. 고개를 돌리자 치치가 내 밥그릇을 바라보고 있었다.

눈이 마주치자 치치가 다가오더니 내 밥그릇에 얼굴을 들이밀었다.

이건 내 밥인데……

내가 조용히 물러나자 치치는 아무렇지 않게 내 사료를 먹으며 자리를 차지했다. 나는 멀찍이 앉아 치치를 바라보았다. 마음 한구석이 찌그러지는 듯했다.

식사 공간은 단순히 밥을 먹는 곳이 아니다. 안심하고 먹을 수 있는 나만의 고유한 영역이다.

윤이가 다가와 치치를 살짝 밀어내며 말했다.

"미미 것도 남겨줘야지."

치치가 물러나자 나는 다시 밥그릇 앞으로 갔다. 익숙하던 사료 맛이 오늘따라 조금 다르게 느껴졌다.

내 공간, 내 밥그릇, 내 시간이
이제는 온전한 내 것이 아니라니!

실수의 이유

요새 화장실을 갈 때마다 멈칫하게 된다. 원래 화장실은 편안하고 작은 나만의 세계였는데……. 치치가 다녀간 뒤로는 부드럽고 익숙하던 모래도 내 것이 아닌 것 같다.

앞발로 화장실 벽을 사각사각 긁었다. 마음속 불안이 가시지 않아 모래를 한 번, 두 번, 세 번 깊게 팠다. 그래도 정리되지 않는 느낌이었다.

결국 화장실을 나와버렸다. 몸은 무거운데 화장실에 돌아갈 수가 없어 벽 한쪽에 몸을 기대고 볼일을 보았다. 내가 하지 말아야 할 일을 했다는 걸 알아 마음속이 일렁였다.

윤이가 내 실수를 발견하고 한숨을 쉬었지만, 혼내지는 않고 조용히 안아주었다.

치치가 내 화장실을 쓰는 건 큰 스트레스다. 화장실이 싫은 게 아니라 이 상황이 문제라는 걸 윤이는 알까? 무언가 잘못되었는데, 내 잘못은 아닌 것 같다.

은신처가
　　필요해

집이 예전과 달라졌다. 치치가 마구 뛰어다니며 내가 쉬고 싶을 때도 달려와 장난을 건다. 어린 치치의 에너지를 감당하기가 쉽지 않다.

나는 식탁 밑으로 들어갔다. 탁자 다리 뒤에서 몸을 웅크리니 작은 동굴에 숨은 듯했다. 하지만 치치는 곧 나를 찾아냈다.

이번엔 소파 밑으로 이동했다. 부드러운 천이 위에서 나를 감싸듯 덮어주었다. 아늑한 공간에 몸을 누이려는데 치치가 또 내 꼬리를 보고 달려들었다.

마지막으로 침대 밑에 숨었다. 여기는 낮고 어두워 아무도 쉽게 찾지 못할 것이다. 그제야 나는 깊숙이 몸을 말고 작게 숨을 내쉬었다. 그렇게 나만의 은신처에서 오랜만에 조용한 평화를 누렸다.

때때로 혼자만의 시간이 필요한걸.

좁혀진 거리

가만히 누워 있던 내 옆에 치치가 자리를 잡았다. 이상하게도 이제 치치의 존재가 낯설지 않았다. 한 공간에서 함께한 시간이 쌓여서일까.

치치가 가만히 나를 바라보더니 조심스레 내 귀 끝을 핥았다. 나는 잠시 치치를 바라봤다. 무슨 뜻일까. 장난을 치려는 걸까.

치치는 어린 시절 엄마가 하던 것처럼 느릿하게 나를 핥았다. 혀끝이 부드럽게 얼굴을 스쳤다. 나도 천천히 몸을 기울여 치치의 머리를 핥았다. 치치는 눈을 살짝 감으며 골골 소리를 냈다.

이제 알았다. 이건 신뢰의 표시라는 걸. 우리는 서로의 털을 핥으며 거리를 조금씩 좁혀갔다. 어느덧 치치의 존재가 편하게 느껴진다.

새로운 온기

햇살이 바닥에 부드럽게 퍼져 있었다. 나는 창가에 몸을 둥글게 말고 졸린 눈을 반쯤 감았다.

어느새 옆에 치치가 와 있었다. 치치는 나를 힐끔 보더니 천천히 자리를 잡았다. 나는 움찔했지만 피하지 않았다.

시간이 흐르자 치치의 몸이 내게 스르르 기대어왔다. 치치의 온기가 나를 따뜻하게 감싸주었다.

나도 꼬리를 천천히 움직이며 눈을 감았다. 치치도 편안한 듯 골골 소리를 냈다. 창으로 쏟아지는 햇살 속에 우리의 숨소리가 방을 가득 채웠다.

윤이가 우리를 바라보며 조용히 미소 지었다. 흐릿한 그 미소를 바라보다가 나는 깊은 잠에 빠져들었다.

미미 옆에 치치

우리 집에 치치가 왔다.

하지만 세 식구가 되었다는 기쁨은 잠시였다.

미미는 혼자만의 공간이 무너져서 불편한가 보다.

그리고 치치가 갑자기 미미 등에 올라타는 바람에

몹시 화가 난 것 같다.

밥그릇, 화장실…….

눈치 없이 자꾸 다가가는 치치를 말릴 수도 없다.

잘 지낼 수 있을까, 걱정했는데 어느 날 좁혀진 거리.

미미 옆에 치치. 치치 옆에 미미.

조금씩 가까워지고 있는 것 같아 다행이다.

이건 나의 실수다. 밥그릇과 물그릇, 스크래처를
처음부터 두 개씩 준비했어야 했다.
미미가 예민해졌다. 어린 치치랑 다툴 수도 없고,
둘 사이의 거리가 더 멀어지는 것 같았다.
부랴부랴 물건을 하나씩 더 준비해 주었더니,
둘 다 경계심이 조금은 사라지는 것 같다.

미미와 치치는 처음 일주일 동안은 멀찍이 떨어져 있었다.
둘이 눈을 마주치기만 하면 몸을 부풀리고
하악질을 해서 둘을 떨어트려 놓을 수밖에 없었다.
그리고 서로의 물건을 분리해 주었더니 덜 경계하는 것 같았다.

같은 공간에서 밥과 간식을 먹게 했더니
언제부턴가 서로 눈을 마주치기 시작했다.
어떤 날은 장난감을 함께 가지고 놀기도 했다.
스스로 옆으로 간 미미와 치치.
서두르지 않고 기다리길 잘했다.
드디어 우린 셋이 되었다!

4장

너도
내 삶의 일부야

선을   넘다

치치와 나는 여느 때처럼 함께 놀고 있었다. 치치가 깃털을 쫓으면 나도 그 뒤를 쫓았다. 그리고 서로 발로 툭툭 치며 투닥거렸다. 처음엔 가벼운 몸싸움이었다. 그런데 점점 장난인지 싸움인지 모호해졌다.

순간 본능적으로 치치의 목덜미를 물었다. 예상보다 거칠고 깊게.

치치가 "야아옹" 소리를 냈다. 나는 얼른 입을 풀고 물러났다. 치치의 눈에 놀라움과 아픔이 어렸다. 치치가 뒷걸음질치며 내게서 멀어졌다.

윤이가 다가와 치치를 살폈다. 목 뒤에 작은 상처가 생겼다.

나는 가만히 앉아 앞발을 핥으며 마음을 진정시켰다. 분명 장난이었는데 나도 모르게 선을 넘어버렸다.

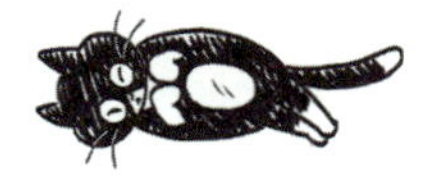

다시
낯설어진
치치

치치가 윤이의 품에 안긴 채 나갔다가 한참 뒤에 돌아왔다. 그런데 무언가 달라졌다. 늘 맡던 치치의 향이 희미해지고, 어딘가 차갑고 낯선 냄새가 뒤섞어 있었다.

처음 맡는 냄새에 등이 굳고 꼬리가 부풀었다. 짧게 "하악" 소리를 내자 치치가 놀란 눈으로 나를 바라봤다. 그 눈빛엔 서운함이 배어있었다. 낯선 고양이를 경계하듯 온몸이 굳어버렸다.

"미미, 치치, 괜찮아. 다 괜찮아질 거야."

윤이가 말했다. 나는 조용히 창가로 걸어가 앉았다. 오늘의 치치는, 마치 다른 고양이 같았다.

비밀
간식

윤이가 무언가를 들고 책상에 앉았다. 그런데 윤이 손에 들린 작은 조각이 세상에서 가장 매혹적인 사냥감처럼 보였다. 달콤하고 짭짤한, 처음 맡아 보는 향. 강력한 냄새가 코를 찔렀다. 나는 본능적으로 다가갔다.

무심한 척 윤이를 바라보며 코를 바쁘게 킁킁댔다. 앞발을 살짝 뻗자 윤이가 말했다.

"미미, 넌 이거 못 먹어."

하지만 쉽게 포기할 순 없다! 윤이가 고개를 돌릴 때마다 나는 조금씩 더 다가갔다. 내 눈빛은 간절히 말했다.

조금만, 아주 조금만 줘.

결국 윤이가 끝까지 막아냈다. 나는 옆에 철퍼덕 몸을 말아 누웠다. 이번엔 졌지만, 언젠가 반드시 그 비밀 간식을 먹어보고 말 거다.

아직 내 호기심은
해결되지 않았으니까!

달콤 쌉싸름한 초콜릿

윤이가 잠시 자리를 비운 순간이었다. 테이블 위에서 그토록 궁금하던 비밀 간식의 냄새가 났다. 호기심에 이끌려 올라가 코를 대고 냄새를 맡았다. 살짝 혀를 내밀어 맛을 본 뒤, 조각 하나를 삼켰다.

달콤하면서도 쌉쌀한 맛이 입안에 퍼졌다. 곧 입안이 아릿해 지더니 배가 뒤틀렸다.

그때 윤이가 들어와 굳은 표정으로 소리쳤다.

"미미! 초콜릿은 먹으면 안 돼!"

윤이는 급히 나를 안고 상태를 확인했다.

뭐가 잘못되는지 몰랐지만, 윤이의 긴장한 손길에서 심각함을 느꼈다.

윤이가 나를 꼭 안아주며 "괜찮을 거야."라고 속삭였다. 그제 야 조금 안심이 되었다.

오늘은 호기심에 너무 멀리 간 날.

병원 방문

윤이가 나를 품에 안고 어딘가로 데려갔다. 심상치 않은 움직임에 나는 작은 가방 안에 웅크렸다. 가방이 열리자 눈앞에 흰옷을 입은 사람들이 보였다. 이상한 도구들도 반짝였다.

대체 이 낯선 곳은 어디지.

나는 몸을 낮추고 눈을 크게 뜬 채 경계했다. 윤이가 "괜찮아."라고 속삭였지만 긴장은 가시지 않았다.

낯선 사람이 내 몸을 만지자 움찔했지만 곧 다정하게 머리를 천천히 쓰다듬는 손길에 조금씩 진정됐다. 나를 해치려는 게 아니라는 걸 알았지만 여전히 무서웠다.

다시 이곳을 나설 때 윤이가 나를 꼭 안아주며 말했다.

"잘했어, 미미."

나는 가방 속에서 조용히 숨을 고르며 생각했다.

'다음번엔 조금 더 용감해질 수 있을까?'

오늘은 내게 무척 긴 하루였다.

다시
좁혀진 거리

집 밖에 다녀온 뒤로 치치와 한동안 어색했다. 치치가 가까이 다가오면 으르렁거렸고, 시큼한 병원 냄새 때문인지 치치도 나를 피했다.

윤이는 번갈아 우리를 쓰다듬으며 서로의 냄새를 옮겼다. 내 방석엔 치치의 담요를, 치치의 쿠션엔 내 담요를 놓았다. 처음엔 거부감이 들었지만, 조금씩 치치의 냄새가 익숙해졌다.

며칠 뒤 윤이는 간식을 멀찍이 두고 우리를 양쪽에 앉혔다. 처음엔 경계하며 먹었지만, 날이 갈수록 치치와 나 사이의 거리는 좁혀졌다.

드디어 오늘, 치치가 내 옆에 와서 누웠다. 나도 치치를 피하지 않았다. 치치의 털에 얼굴을 묻자, 비로소 예전 같은 관계로 돌아간 기분이 들었다.

윤이 덕분에 우리는 다시
서로의 온기를 기억해냈다.

바깥
소음

쾅, 쾅!

밖에서 웬 소리가 났다. 처음엔 멀리서 작게 들리던 소리가 점점 커졌다. 내 세상을 뒤흔들 정도다. 귀를 바짝 세우고 창문 쪽으로 다가갔다.

누가 내 평화를 깨뜨리는 거지?

바깥엔 낯선 기계와 헬멧 쓴 사람들이 요란한 소리를 내고 있었다. 치치는 이미 숨어 보이지 않았다. 나도 몸을 웅크리고 방 한구석에 숨었다. 하지만 소리는 벽을 뚫고 따라왔다. 심장이 세차게 뛰었고, 숨이 가빠졌다.

윤이가 다가와 "괜찮아."라고 말하며 품에 안았다. 윤이의 손길에 조금 진정됐지만, 소음이 여전히 귓속을 파고들었다. 내일은 조금 더 조용해지길 바란다.

이런 날 세상은 너무 크고,
나는 작게 느껴진다.

나만의
장난감

오늘따라 깃털 장난감이 살아 움직이는 사냥감처럼 보였다. 나는 앞발로 장난감을 밀며 이리저리 쫓아다녔다. 그렇게 방을 누비니 진짜 사냥꾼이 된 듯했다.

한참을 놀다가 문득 멈춰 섰다. 치치가 장난감을 빼앗긴 듯 나를 물끄러미 바라봤다.

"이건 내 거야!"

치치가 장난감을 뺏어가게 둘 순 없다! 나는 장난감을 입에 물고 숨길 곳을 찾았다.

소파 밑? 너무 뻔한데 커튼 뒤? 위험한걸.

결국 캣타워 아래에 장난감을 조심스럽게 밀어 넣었다. 꼭꼭 숨긴 뒤 다시 확인까지 했다.

여긴 내 비밀 아지트다. 아무도 찾아낼 수 없을 거다. 다음에 다시 꺼내서 놀아야지.

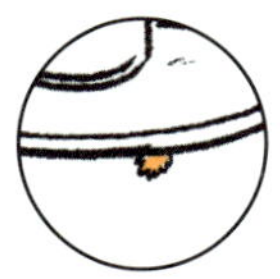

오늘은 내 사냥감을 지켜낸 뿌듯한 하루!

책상 위의

시간

윤이는 책상에 앉아 키보드를 바쁘게 두드렸다. 손가락이 춤추듯 움직였다.

즐겁게 나와 놀자는 손짓일까?

나는 책상 위로 휙 올라가 키보드 옆에 살포시 앉았다. 하지만 윤이는 모니터만 바라보았다. 치치는 웬일로 흥미가 없는지 책상 옆 숨숨집 안에서 심드렁하게 자고 있었다.

윤이가 잠시 움직임을 멈춘 틈에 키보드 위를 사뿐히 걸었다.

"안 돼!"

윤이가 나를 옆으로 치웠다. 이번엔 펜을 건드려 바닥에 떨어뜨렸다. 윤이가 한숨을 쉬었다.

책상 모퉁이에 앉아 윤이를 지켜보다 다시 공책을 밀고 모락모락 김이 나는 텀블러를 킁킁거렸다. 윤이는 귀찮아하면서도 나를 책상에서 내리지는 않았다.

이건 분명 나를 좋아한다는 증거다.

나는 계속 심심하다고 신호를 보냈는걸.

완벽한 사냥

이 집엔 작고 재빠른 것들이 산다. 나는 몸을 낮추고 타이밍을 노린다. 발끝에 힘을 주고 숨을 죽인 뒤, 훅!

날렵하게 뛰어올라 벌레를 잡았다. 발밑에서 꿈틀거리더니 곧 움직임을 멈췄다. 치치가 늘 실패하던 사냥을 나는 해냈다.

나는 벌레를 물고 윤이 앞에 내려놓았다. 윤이는 나를 보았다가, 벌레를 보았다가, 다시 나를 보았다.

나는 뿌듯한 눈빛으로 올려다보았다. 그런데 윤이의 표정이 이상했다.

윤이가 한숨을 쉬고는 부드럽게 머리를 쓰다듬으며 말했다.

"미미, 고마운데, 이건 괜찮아."

나는 고개를 갸웃했다.

윤이의 반응은 알 수 없지만, 어쨌든 오늘 난 성공한 사냥꾼이다.

이거 봐, 선물이야.

싫증 난 놀이

원래는 집에서 노는 게 좋았다. 허공에서 춤을 추는 낚싯대 깃털, 바닥을 데구루루 구르는 공. 처음에는 앞발로 깃털을 잡고, 작은 공도 툭 쳐서 굴리기만 해도 놀랍고, 신나고, 재미있었다.

하지만 어느 순간부터 동작이 반복되고 예측하기 쉬워졌다. 익숙한 패턴, 비슷한 움직임. 이제는 깃털도 공도 흥미롭지 않았다. 치치는 여전히 신나게 뛰어다녔지만, 나는 달려갈 의욕이 없었다.

"미미, 더 안 놀아?"

윤이가 내 눈치를 살피듯 물었다. 나는 하품을 하고 바닥에 몸을 늘어뜨렸다. 집 안 풍경은 이젠 지루했다.

창가로 걸어가 밖을 내다보았다. 나뭇가지가 바람에 흔들리고, 새가 포르르 내려앉았다. 바깥세상에는 흥미로운 것들이 가득했다.

오늘은 그저 햇살을 따라가고 싶다.

문이 열렸을 때

문이 열렸다. 낯선 공기에 자유의 향기가 실려 들어왔다.

나는 살금살금 문가로 다가갔다. 나뭇잎이 흔들리고, 바람이 낮게 속삭였다. 마치 나를 부르는 듯했다.

길고양이 시절이 떠올랐다. 차가운 땅, 거친 공기, 끝없는 자유. 그때처럼 다시 맘껏 달려보고 싶다.

문턱에 발을 올리자 심장이 두근거렸다. 한 걸음만 내디디면 이 평화로운 집과 따뜻한 손길과는 작별이겠지.

"미미."

윤이의 부드러운 목소리가 등을 스쳤다. 나는 멈췄다. 문은 열려 있었지만, 발을 거두고 창가로 돌아갔다. 따스한 햇살이 내려앉아 있었다.

오늘은 떠나지 않았다. 하지만 문이 열릴 때마다 내 안의 본능이 속삭인다.

다음엔 조금 더 멀리 가볼까.

눈을
가리며
쬐는 햇볕

쨍한 햇살이 창가를 타고 넘어왔다. 따뜻하지만 눈부셨다. 눈을 감아도 세상이 환했다. 나는 앞발을 천천히 들어 얼굴을 덮었다. 부드러운 털이 이마를 가려주자 비로소 어둠이 찾아왔다.

세상이 조용해진 듯했다. 햇살이 몸속 깊이 스며들었다. 아무것도 보이지 않으니, 아무것도 신경 쓰이지 않았다. 낯선 기척도, 치치의 움직임도 멀어졌다. 그러자 졸음이 밀려왔다.

윤이가 지나가며 웃었다.

"미미, 손으로 눈을 가리고 자는 거야?"

윤이의 목소리마저 꿈결 같았다. 앞발 아래 포근한 어둠이 나를 감싸 안았다. 이 순간만큼은 그 어떤 것도 나를 방해할 수 없다.

나만의 작은 어둠 속으로
잠시 빠-져들어갔다.

호시탐탐 미미는 투병 중

언제부턴가 미미가 내 간식을 엿보는 것 같았다.

특히 초콜릿을 먹을 때마다 호시탐탐 노리는 눈빛이 느껴졌다.

드디어 일이 벌어지고 말았다.

잠깐 테이블을 비운 사이,

미미의 입가와 앞발에 선명한 초콜릿 자국.

그대로 병원행…….

다행히 큰일은 없었지만 병원에 가길 잘했다.

병원에서는 몰래 음식을 먹으면 겉으로 증상이 없어도

반드시 병원에 와서 치료를 받으라고 했다.

집에 돌아오자마자 금지 음식표를 만들었다.

미미와 치치, 내일부터 교육 시작!

(알아들을까?)

양파, 마늘, 부추, 파

초콜릿

초콜릿은 소량만 먹더라도
매우 위험하니 특히 주의해주세요.

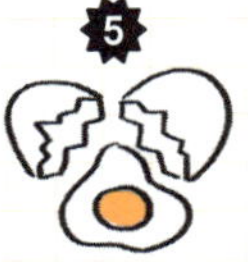

포도, 건포도

날달걀

익힌 달걀은 단백질로
소량 주어도 되지만,
날달걀이나 흰자는 위험해요.

강아지 사료

알코올

자일리톨 껌, 치약

백합류 식물

백합, 스파티필룸, 튤립, 산세비에리아 등
백합류는 고양이에게 치명적인
맹독성 식물이에요.

견과류

견과류는 웬만하면 몸에 좋지 않은데
특히 마카다미아는 소량도 위험해요.

우리의 묘연은
어떻게 될까

잠을 자는 시간이 좋아

잠을 자는 시간이 좋아

세상이 시끄러워도, 창밖에서 새들이 울어도, 치치가 장난을 쳐도, 내가 잠드는 순간만큼은 모든 것이 멈춘다. 부드러운 쿠션 위에 몸을 둥글게 말면 따뜻한 햇살이 털 사이로 스며들고, 고요한 숨결이 방 안을 채운다.

눈을 감으면 세상이 부드럽게 흐려진다. 지금 이 순간에는 그 누구도 나를 방해할 수 없다. 꿈속에선 가볍게 뛰어다니거나 낯선 곳을 모험할 수도 있다. 때로는 엄마 체온이 느껴지고, 가장 편안했던 순간이 떠오른다. 다시 작아져 어린 시절로 돌아간 듯하다.

윤이가 옆에 나란히 누워 살포시 앉아 주었다. 꼬리를 살짝 흔들었지만 눈을 뜨지는 않았다. 오늘도 나는 따뜻한 꿈속으로 조용히 빠져든다. 지금 이 시간은 나만의 것이다.

잠이 들면 걱정이 사라지고,
눈을 감으면 세상이 부드러워진다.

숨바꼭질 놀이

오늘은 치치가 먼저 장난을 걸었다. 캣타워 뒤에 슬며시 숨어 꼬리 끝만 내밀었다. 나는 못 본 척, 천천히 걸어가다 발을 툭 내밀었다. 치치가 눈이 동그래져 뛰쳐나오자, 나는 재빨리 커튼 뒤에 숨었다.

숨바꼭질은 단순히 쫓고 쫓기는 놀이가 아니다. 타이밍, 거리, 눈빛까지 계산하는 우리만의 은밀한 게임. 몸을 낮추고 숨죽이는 동안 마음은 숲속을 뛰듯 들떠있다.

치치가 내가 있는 곳을 눈치채고 다가오자 나는 움찔하며 발톱을 살짝 꺼냈다. 하지만 다치게 하진 않았다.

이건 싸움이 아니라, 놀이니까.

서로 놀래고, 다시 숨고,
또 웃으며 도망가고.
그렇게 우리의 시간을 쌓아간다.

같은 세상
바라보기

윤이가 출근한 뒤 조용해진 오후. 햇살이 캣타워를 덮었다. 나는 꼭대기 칸에 올라가 몸을 말았다.

창밖에선 초록빛 나뭇잎이 흔들리는 소리, 삼삼오오 놀이터에서 뛰노는 아이들의 웃음소리, 그 사이를 포근히 스치는 바람 소리가 들려왔다.

잠시 후 치치가 캣타워 아래 방석에 누웠다. 예전 같으면 자리를 뺏길까 경계했겠지만, 이제는 함께 있어도 괜찮다.

우리는 그렇게 조용히 바깥 소리를 들었다. 새가 날면 치치의 귀가 움직이고, 자동차가 지나가면 내 꼬리가 흔들렸다. 그렇게 말없이 우린, 함께 같은 세상을 바라봤다.

온기가 흐르는
둘만의 시간.

같이
TV를 보는 게
좋아

오늘따라 거실은 평화로웠다. TV에선 잔잔한 소리가 흘러나왔고, 윤이는 소파에 기대있었다. 나는 윤이 무릎 위에 앉아 꼬리를 천천히 흔들었다.

소란함도, 분주함도 없었다. 그저 느릿한 시간과 우리만 있을 뿐. 나는 몸을 둥글게 말고 눈을 감았다.

TV 속 소리가 자장가처럼 희미하게 들려왔다. 무슨 말인지는 알 수 없지만 상관없다.

윤이 옆에 있다는 것, 그것으로 충분하니까.

두려움이
사라진 밤

어느 밤, 치치가 내 옆에 누워 꼬리를 느릿하게 흔들며 나를 바라봤다. 늘 내 공간을 침범하고, 혼자만의 시간을 방해하던 치치였지만, 이제 치치가 없는 밤은 잘 상상이 되지 않는다.

나는 치치에게 얼굴을 기대고 작게 골골 소리를 내며 몸을 포갰다. 이런 밤이라면 더 이상 무얼 바랄 것이 없다. 숨을 곳도 필요 없고 두려움도 사라진다.

치치의 뺨에서 전해지는 온기가 내 마음을 가득 채웠다. 편안한 공기가 밤을 채운다. 작은 행복들이 내 안으로 스며든다.

온전한 나의 집

오늘도 여느 날처럼 거실 한가운데에 앉았다. 낯설던 공간이 이제는 완전히 내 것이 되었다. 집 어디에 있어도 편안했다. 몸을 웅크릴 필요도, 두려움에 숨어 살필 이유도 없었다.

윤이가 다가와 나를 만지면 더 이상 움츠러들지 않는다. 이 손길이 낯설지 않으니까. 오히려 나는 머리를 비비며 윤이에게 다가갔다.

윤이의 손길이 이마를 타고 등을 따라 부드럽게 내려왔다. 나는 골골 소리를 내며 몸을 더 기울였다. 어느새 치치도 다가와 윤이의 품에 폭 안겼다.

따뜻하고, 평온하고, 무엇보다 안전한 감각. 이 느낌을 나는 언제까지나 간직할 것이다.

나는 이제 온전히 이 집의 일부가 되었다.

보람찬 하루를 끝낸
미미와 치치

세 식구가 되면서 신경 쓸 일이 많아졌다.

미미와 치치는 많이 가까워졌지만,

나 때문에 불안감을 느끼지 않도록 공평하게 놀아 줘야겠다.

자꾸 등에 올라타는 치치가 다칠까 봐 걱정이다.

되도록 같은 시간에 밥을 주고, 같은 시간에 놀아 주었더니

미미와 치치에게도 생활 루틴이 생긴 것 같다.

이전보다 안정돼 보이고,

느닷없는 행동도 하지 않는 것 같아서 나도 마음이 놓인다.

조금씩, 나 역시 안정돼 가는 것 같다.

미미와 치치의 야옹한 하루

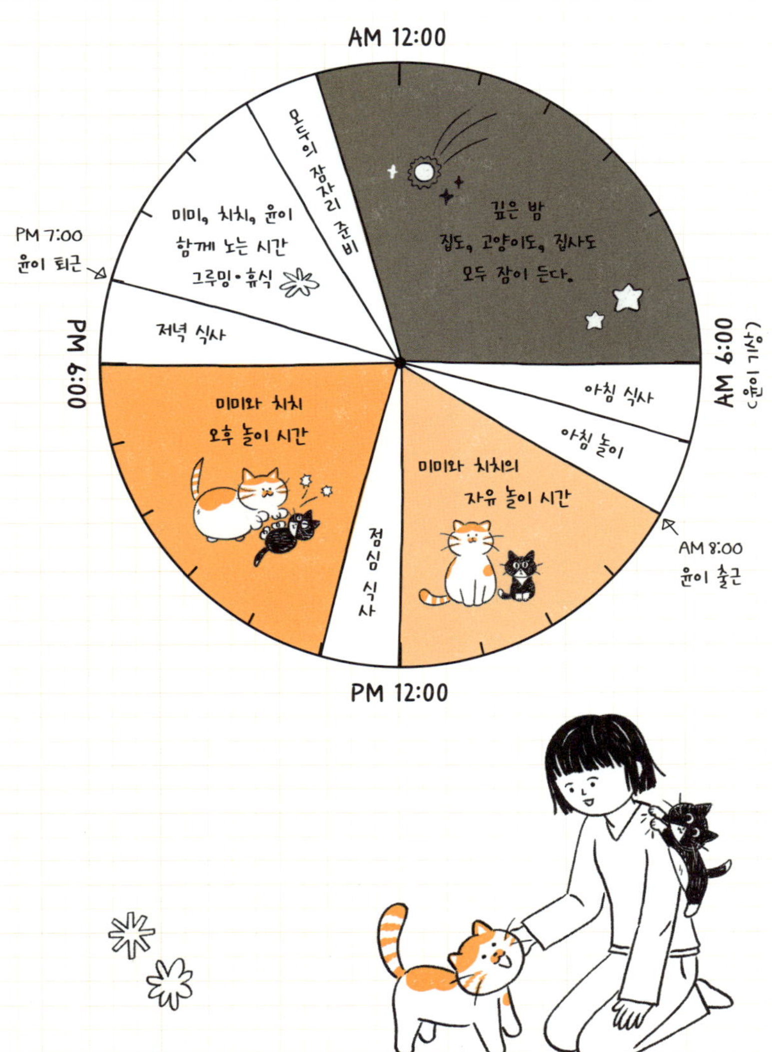
AM 12:00
모두의 잠자리 준비
미미, 치치, 윤이 함께 노는 시간 그루밍·휴식
깊은 밤 집도, 고양이도, 집사도 모두 잠이 든다.
PM 7:00 윤이 퇴근
PM 6:00
저녁 식사
AM 6:00 (윤이 기상)
미미와 치치 오후 놀이 시간
아침 식사
아침 놀이
미미와 치치의 자유 놀이 시간
정심 식사
AM 8:00 윤이 출근
PM 12:00

대학생 시절 고양이를 키우기 시작한 것은 우연이었습니다. 아니, 모든 만남이 그렇듯 우연인 동시에 필연이었다 말해야 정확할 것입니다. 당시 임시 보호로 고양이와의 첫 우연이 시작되었습니다. 그리고 2023년 7월 고양이 별로 떠나게 된 아인이까지, 저에겐 세 번의 우연과 같은 필연이 있었습니다. 임시 보호를 하던 첫날, 케이지 구석에 웅크린 채 세상을 경계하는 작은 생명체의 모습이 글 속의 미미에게서 보이기도 합니다. 집에 혼자 있을 땐 하염없이 침대 위 이불 안에서 들어가 잠을 자던 두 번째 고양이의 모습, 그리고 누구와도 사교성 있고 즐겁게 지내던 마지막 고양이의 모습까지 보입니다. 생각해보면 미미의 모습과 저는 크게 다르지 않다는 것을 글을 쓰는 내내 묘한 동질감을 느꼈습니다. 낯선 환경에 대한 두려움, 타인에 대한 경계, 그리고 그 모든 것 너머에 존재하는 관계에 대한 은밀한 호기심까지도요.

이 책은 고양이 육아서가 아닙니다. 물론 책 곳곳에 고양이를 돌보는 데 필요한 정보들이 담겨 있지만, 그것이 이 책의 본질은 아닙니다. 저는 미미의 시선으로 세상을 바라보고 싶었습니다. 사람의 언어로는 포착할 수 없는 감각들, 우리가 너무 쉽게 지나치는 순간들의 의미를 되살리고 싶었습니다. 창가에 내려앉은 햇살의 온도, 모래를 밟는 발바닥의 촉감, 낯선 냄새가 촉발하는 기억의 파편들. 고양이는 우리가 잃어버린 감각의 세계 안에서 여전히 살아가는 존재라고 생각합니다.

글을 쓰는 동안 저는 자주 기억을 멈춰 섰습니다. 과연 제가 미미의 내면을 상상할 수 있을까. 고양이의 경험을 재현한다는 것은 언제나 상상력을 조금은 가미할 수밖에 없습니다. 수의사로서 마주하던 수많은 또 다른 미미들로부터 마음을 빌려 이야기를 조금씩 써 나갈 수 있었습니다. 그들로부터 듣고 보았던 행동들, 그 너머에 있을 감정의 결을 상상하며 글을 썼습니다.

《오늘 묘생》은 결국 나 자신을 들여다보는 과정이었습니다. 미미의 두려움은 저의 두려움이었고, 치치에 대한 경계는 타인에 대한 저의 경계이기도 하였습니다. 새로운 환경에 적응하는 미미의 조심스러운 발걸음은 낯선 관계 앞에서 주저하는 저를 포함한 모두의 모습이라고 생각합니다.

이것을 단순한 고양이 이야기로 읽지 않으면 좋겠습니다. 미미의 여정은 우리 모두의 여정이며, 낯선 세계에 던져진 모든 존재가 두려움을 극복하고, 다른 이와 관계를 맺고, 결국엔 자신만의 안식처를 찾아가는 과정, 그것은 고양이만의 이야기가 아니라 저희의 삶 그 자체의 이야기라 생각합니다. 결국 《오늘 묘생》은 고양이에 관한 이야기인 동시에 관계에 관한 이야기이며, 더 나아가 존재의 위로에 관한 이야기로 읽어주시면 감사하겠습니다.

애슝 작가님의 그림은 이 이야기에 따뜻함을 크게 불어 넣어주었습니다. 단순하지만 또렷한 선, 포근한 색채. 작가님의 그림은 글이 담지 못한 순간의 온기를 느끼게 해주었습니다.

고양이를 키우지 않는 사람도, 동물을 특별히 좋아하지 않는 사람도 이 책을 읽을 수 있기를 바랍니다. 이 책은 결국 '함께 산다는 것'에 관한 이야기이기 때문입니다. 서로 다른 두 존재가 같은 공간에서 호흡하며, 조금씩 서로의 세계를 이해해가고, 마침내 하나의 안식처를 만들어가는 과정. 그것이 바로 우리가 '집'이라고 부르는 것의 본질이 아닐까 생각합니다.

마지막으로, 이 책을 함께 만들고 영감을 준 모든 분께 감사를 전합니다. 특히 애숭 작가님과 김영사 편집부의 노고에 깊은 감사를 드립니다. 그리고 무엇보다, 제가 수의사로서 매일 마주하고 있는 수많은 미미, 치치들에게 감사합니다.

2026년 3월, 봄을 느끼며

오늘 묘생

1판 1쇄 인쇄 | 2026. 3. 9.
1판 1쇄 발행 | 2026. 3. 30.

나응식 글 | 애슝 그림

발행처 김영사 | **발행인** 박강휘
편집 문자영 | **디자인** 김민지 | **마케팅** 곽희은 김나현 | **홍보** 허한아 최윤아
등록번호 제 406-2003-036호 | **등록일자** 1979. 5. 17.
주소 경기도 파주시 문발로 197(우10881)
전화 마케팅부 031-955-3100 | 편집부 031-955-3113~20 | 팩스 031-955-3111

값은 표지에 있습니다.
ISBN 979-11-7332-563-2 03810

좋은 독자가 좋은 책을 만듭니다. 김영사는 독자 여러분의 의견에 항상 귀 기울이고 있습니다.
전자우편 book@gimmyoung.com | 홈페이지 www.gimmyoung.com